Copyright © 2021 by Pe. Reginaldo Manzotti.
© 2021 by Petra Editora Ltda.

Direitos de edição da obra em língua portuguesa no Brasil adquiridos pela Petra Editorial Ltda. Todos os direitos reservados. Nenhuma parte desta obra pode ser apropriada e estocada em sistema de banco de dados ou processo similar, em qualquer forma ou meio, seja eletrônico, de fotocópia, gravação etc., sem a permissão do detentor do copirraite.

PETRA EDITORA
Rua Candelária, 60 — 7º andar — Centro — 20091-020
Rio de Janeiro — RJ — Brasil
Tel.: (21) 3882-8200

Direção editorial: Daniele Cajueiro
Editor responsável: Hugo Langone
Produção: Adriana Torres, Laiane Flores
Revisão: Renata Gomes, Perla Serafim
Projeto gráfico e diagramação: Camila Cortez
Imagens: Studio Dogzilla

Dados Internacionais de Catalogação na Publicação (CIP)
(Câmara Brasileira do Livro, SP, Brasil)

M296t   Manzotti, Padre

       A turma do Manzottinho / Padre Reginaldo Manzotti. – Rio de Janeiro : Petra, 2021.
       64 p. : il.

       ISBN 978-65-88444-39-9

       1. Literatura Infantil. I. Título.

CDD: 808.899 282
CDU: 7.07

André Queiroz – CRB-4/2242

Meus amiguinhos e amiguinhas,

Com muita alegria apresento a vocês a Turma do Manzottinho. Neste livro, vocês conhecerão um pessoal bastante divertido e ainda poderão encontrar muita brincadeira e alegria. Sempre que estou com essa turminha, aprendo e brinco bastante!

Acontece que esses meus amigos têm uma energia e tanto! Não é justo, portanto, que eu guarde a companhia deles só para mim, não é mesmo? Por isso, convidei todos eles para dividirem com vocês todo esse conhecimento e essas brincadeiras... E eles adoraram!

Vocês estão preparados para conhecer coisas interessantes e brincar de montão? Então não percam tempo! A Turma do Manzottinho está esperando por vocês! Que o Papai do Céu os abençoe!

PADRE REGINALDO MANZOTTI

A turma do Manzottinho

Oi, galera!

Eu sou o **MANZOTTINHO** e quero contar para vocês um pouco mais de mim.

Gosto muito de ler, de escrever, de charadas e de fazer palavras cruzadas com o meu pai. Todo mundo diz que eu faço perguntas demais na escola e na catequese, mas é porque não entendo como pode existir tanta gente fazendo coisas erradas no mundo, mesmo depois dos **muitos exemplos de bondade que Jesus nos deixou**.

Ah! E eu também gosto para caramba dos meus amigos e de ajudar nas ações da comunidade em que a gente vive.

O nome da nossa cidade é Paraíso e ela é incrível: aqui a gente fica perto do mar e da floresta. Temos muito espaço para brincar, aprontar e aprender!

Essa é minha mãe, a **DONA LIA**. Ela é também nossa catequista na paróquia do bairro. Todo mundo gosta dela, porque sempre sabe o que dizer e sempre tem uma lição legal para ensinar!

SEU ANTÔNIO é o meu pai. É com ele que eu gosto de fazer palavras cruzadas e de falar sobre o que acontece no mundo, porque ele está sempre por dentro das notícias. Além disso, meu pai entende muito de ecologia e tem várias **dicas legais** para não jogarmos fora o que a natureza nos dá.

O **SACI** é o meu cachorrinho! Ele foi atropelado, o motorista não o socorreu e, por sorte, eu o encontrei. Por causa desse acidente, ele perdeu as duas patinhas de trás, mas fizemos rodinhas especiais para ele **brincar com a turma**!

Oi! Tudo bem com você aí em casa? Eu sou a **LARA**.

Conheci o Manzottinho na pré-escola e, desde então, **somos melhores amigos**. Gosto muito de estudar, da nossa turminha e de encontrar um lado bom em tudo o que acontece na vida.

Acho que aprendi a ser assim com os meus avós, Dona Maria e Seu Vicente, porque moro com eles desde que nasci.

Oi, pessoal! Eu me chamo **ALFREDO** e também faço parte da turma do Manzottinho!

Gosto muito de desvendar **enigmas** e de ler histórias em quadrinhos. Mas, sabe o que me deixa ainda mais feliz? **Ajudar** meus amigos, incluindo você aí de casa, com o significado de palavras difíceis e com muitas informações legais!

Olá, gente! Eu sou o **TAKO**. Minha família veio do **Japão** para viver no Brasil, por isso meu nome é diferente assim.

Gosto muito de ler e estudar, **e carrego de tudo na minha mochila para estar sempre preparado**. É que tenho medo de cairmos numa enrascada e não termos os itens necessários para ajudar meus amigos...

Ei, vocês sabem quem eu sou? Meu nome é **ANGELINA**.

Entrei para a turma porque estudo com o Manzottinho e com a Lara. Mas, sabe, preciso desabafar... Na **escola**, **todos acham que sou um pouco briguenta e reclamona**. Acho que é por passar muito tempo sozinha, já que meus pais viajam muito para trabalhar.

Ao contrário de todos, eu posso ficar na rua o tempo que quiser e não preciso me preocupar com **banho** quando não estou a fim...

Eu sou a **DONA MARIA**, a avó da Lara. Sempre chamo a turma para **lanchar** no sábado, depois da Missa. Como toda avó, **faço tudo o que eles gostam de comer**!

E eu sou o **SEU VICENTE**, o avô da Lara. Tenho uma oficina incrível na minha garagem. Gosto de levar a turminha para lá e construir com eles coisas para suas aventuras. Agora, estou planejando fazer uma **casa na árvore incrível**. Será um ótimo esconderijo!

Vamos nos conhecer melhor?

Agora que também vai fazer parte da Turma do Manzottinho, que tal contar um pouco de você para a gente? Vamos lá?

A brincadeira de que eu mais gosto é _____.

_____ é meu passeio favorito!

Se eu pudesse, passaria o dia todo comendo _____.

Meu maior sonho é _____.

Meus maiores exemplos são _____.

Eu disse que adoro estudar, não é? Então... Outro dia, eu li bastante sobre a criação do mundo. Vocês já ouviram falar sobre isso? Se já ouviram, vejam se eu consigo contar direitinho, sem errar. Se não, vejam só que legal essa história! Tudo começou quando não existia nada além de Deus...

E Deus era muito bom. Assim, a primeira coisa que fez foi criar algo maravilhoso: os Céus e a Terra. E não só isso: Deus criou também a luz!

— Faça-se a luz! — disse.

E rapidamente a luz foi feita. Desse jeito! E essa luz expulsou toda a escuridão.

Deus alegrou-se com esse lindo espetáculo. Gostou tanto que deu o nome de "dia" ao período em que a luz parecia ter vida própria e o nome de "noite" ao período em que ela ia se apagando para descansar.

No segundo dia, quando a luz voltou, Deus criou o firmamento, que também conhecemos como céu: um céu luminoso, que cobria tudo! Depois, no terceiro dia, Deus separou as águas revoltas para dar lugar ao solo. Chamou de "mares" aquelas grandes piscinas salgadas e de "terra" as imensas áreas sequinhas.

Nesse terreno, Deus modelou montanhas, planícies e vales profundos. Guiados por Sua mão, os vegetais cobriram a Terra. Plantas de todos os tamanhos, formas e cores criaram raízes. Flores perfumadas se abriam por toda parte! O mundo se tornava verde e lindo.

No quarto dia, Deus falou:
— Precisamos de sinais para que seja possível saber quando é dia e quando é noite!
E então fez o Sol para iluminar o dia e a Lua para brilhar à noite. Deus também iluminou o céu noturno com milhões de estrelinhas cintilantes e ficou muito satisfeito com o que havia criado.

O mundo novo era uma terra pacífica, cheia de flores, árvores e rios, mas não havia pássaros para se empoleirar nas árvores. Não havia abelhas para zumbir de flor em flor, nem peixes, para saltar por cima das ondas. Os únicos sons eram o do murmúrio do vento nas folhas e o das ondas na praia.

No quinto dia, Deus encheu as águas de seres vivos. De repente, o mar fervilhou de peixes, que nadavam juntos como se fossem um só. Ele fez também baleias e golfinhos, águas-vivas que pareciam pedras preciosas, moluscos, caranguejos... Então, exclamou:

— Façam-se as criaturas do ar, que vão encher o céu de vida!

E de repente uma nuvem de pássaros e insetos de todos os tamanhos e formas subiu ao céu. Pardaizinhos se misturavam com periquitos, maritacas, sabiás, bem-te-vis... Águias silenciosas planavam! O céu estava cheio de energia!

No sexto dia, Deus então determinou:

— Que haja animais sobre a Terra!

E a Terra começou a tremer, de tantos animais que começaram a marchar pelo mundo. Tum! Tum! Tum! Havia animais pequenos e animais grandes. Animais ferozes caminhavam junto às mais dóceis criaturas vindas das mãos de Deus. O mundo pulsava de vida. Deus olhou à Sua volta e ficou feliz com o que viu. Mas ainda faltava alguma coisa...

— Quem cuidará de todos esses animais? — perguntou-se.

Pegando um punhado de terra, Ele modelou uma criatura que se parecia com Ele e chamou "homem". Como não era bom que o homem estivesse só, fez com que ele dormisse e, de sua costela, modelou uma criatura que o complementava perfeitamente. A ela, deu o nome de "mulher".

Os dois contemplaram maravilhados o mundo à sua volta. De mãos dadas, eram tão belos e inocentes como o novo mundo que Deus tinha acabado de criar. Deus os abençoou e deu ao homem o nome de Adão e à mulher, o nome de Eva.

— O dever de vocês dois é cuidar das maravilhas que criei — disse. — Vocês reinarão sobre os peixes do mar, sobre os pássaros do céu e sobre cada criatura da Terra. Terão frutos para comer e água para beber. Quero que gostem de viver aqui!

O trabalho de Deus estava completo. O mundo parecia belíssimo! Então, no sétimo dia, Deus descansou.

O lindo jardim em que Adão e Eva moravam foi chamado de Éden. Havia flores, árvores carregadas de frutos deliciosos, grama aveludada onde se deitar...

A história da criação do mundo se encontra no início da Bíblia, um livro grandão que contém um monte de outros livros dentro dele. Na Bíblia foi escrito tudo o que Deus quis que o mundo inteiro conhecesse sobre Ele e sobre os planos d'Ele para nós.

CAÇA-PALAVRAS

Essas são as primeiras frases da Bíblia e com elas fizemos um caça-palavras muito divertido. Vamos procurar, no diagrama de letras, as palavras destacadas abaixo? Veja o exemplo.

Depois, vale pedir para o papai e a mamãe mostrarem para você a Bíblia que há na sua casa, o que acha?

No princípio, DEUS criou o céu e a TERRA. A terra estava sem forma e vazia; as trevas cobriam o abismo e o ESPÍRITO de Deus pairava sobre as águas. Deus disse: "Faça-se a luz!". E a luz foi feita. Deus viu que a luz era boa, e separou a luz das TREVAS. Deus chamou à luz dia, e às trevas NOITE. Sobreveio a TARDE e depois a manhã: foi o PRIMEIRO dia.

Você já ouviu falar da Arca de Noé? Essa é uma das histórias de que eu mais gosto, apesar de ter muita água nela e eu não gostar tanto de água assim. Afinal, água me lembra banho!

Tudo começou quando Deus, muito tempo atrás, viu que as pessoas andavam muito más. Brigavam entre si, mentiam, faziam o mal umas contra as outras. Praticamente ninguém lembrava que Deus queria mesmo era que todos fossem bons.

Ele então olhou para o mundo lá embaixo e notou um homem chamado Noé. Noé era o único homem do mundo que ainda se lembrava de Deus. Mesmo sendo velhinho, trabalhava sem parar e sem reclamar. Ao lado de sua esposa e seus três filhos, ele era um homem muito feliz e generoso.

Por causa disso, Noé e sua família davam um pouquinho de alegria a Deus naquela época de tanta ingratidão. Deus então resolveu protegê-los de maneira especial e contou a Noé o seu plano:

— **O mundo anda cheio de maldades!** — exclamou. — **Por isso, cobrirei a Terra com uma grande inundação, mas você e sua família ficarão bem, Noé. O mundo começará outra vez, e você e sua família viverão nele.**

Noé ficou assustado, é claro, mas Deus logo explicou a ele o que deveria fazer.

— Construa uma arca — disse. — Ela deve ser grande o bastante para abrigar um casal de cada animal que existe no mundo. Também deve haver espaço para comida.

Noé e seus filhos trabalharam como nunca! Cortavam, serravam, lixavam peças de madeira, martelavam... E, aos poucos, a grande Arca foi tomando forma!

Logo depois, Deus voltou a falar com Noé:

— Vai chover por quarenta dias e quarenta noites, e a Terra ficará coberta pela água. Mas você, Noé, ficará a salvo lá dentro!

Noé começou então a reunir os animais — um macho e uma fêmea de cada criatura que andasse, saltasse, rastejasse ou voasse. Havia de tudo! E, tão logo todos eles subiram a rampa e entraram na Arca, Noé fechou a porta, o céu ficou escuro e a chuva começou a cair. E a cair bem forte!

Formaram-se poças, que se transformaram em cursos de água, que correram para os lagos, que então se precipitaram em rios caudalosos, que viraram um oceano revolto... Em pouco tempo, tudo estava coberto de água — até mesmo as montanhas!

Choveu por quarenta dias e quarenta noites. A Arca era arremessada de um lado para outro, para cima e para baixo, para a frente e para trás, o que deixava os animais muito assustados. Noé, porém, confiava em Deus e sabia que tudo terminaria bem.

Finalmente, a chuva parou de cair. Pouco a pouco, o nível da água foi baixando, baixando... E o topo das montanhas começou a aparecer.

Olhando para fora, Noé viu a terra e decidiu soltar um corvo, para ver o que ele encontraria. Uma hora depois, o bichinho voltou muito cansado. Isso significava que ele não tinha encontrado nenhum lugar onde pousar.

Uma semana depois, Noé fez outra tentativa, agora com uma pombinha. Dessa vez, horas depois, ela trouxe consigo um raminho de oliveira. "Já dá para saber que os galhos de algumas árvores já não estão embaixo da água!", pensou. "A Terra está secando!"

Uma semana depois, Noé soltou a pombinha novamente. Só que, dessa vez, nada de ela voltar! O que isso significava? Que havia terra firme! A pombinha havia encontrado um lugar onde pousar.

Noé abriu as portas da Arca e os animais saíram um após o outro. Depois de tanto tempo confinados, enfim podiam correr livremente. Havia comida fresca, lugares em que podiam construir tocas, ninhos... Havia um mundo inteiro a ser povoado com novos filhotes!

Em nenhum momento Noé se esqueceu de Deus. Assim que saiu da Arca, quis agradecer a Ele por toda a proteção que havia recebido durante a tempestade, e para isso construiu um altar de pedras e se pôs a rezar.

— Serei eternamente grato ao Senhor, meu Deus, que me salvou do dilúvio!

FAÇA VOCÊ MESMO!

Origami é uma arte milenar muito interessante e divertida. Quer me acompanhar? Venha que eu te mostro como se faz!
Vamos construir uma arca de papel? Pegue uma folha A4, siga o passo a passo ilustrado e mãos à obra!

1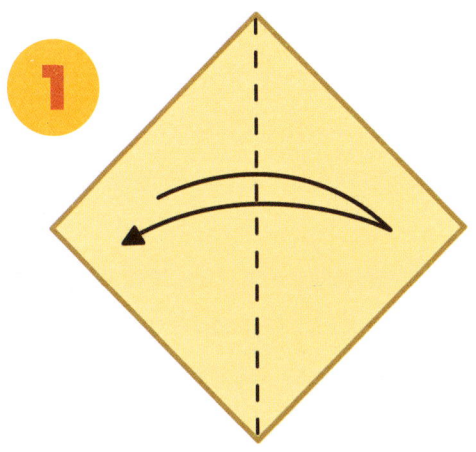

2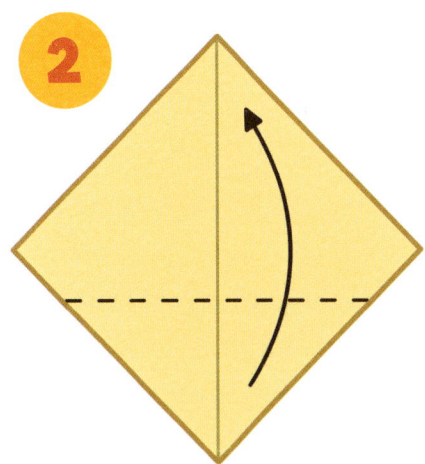

3

4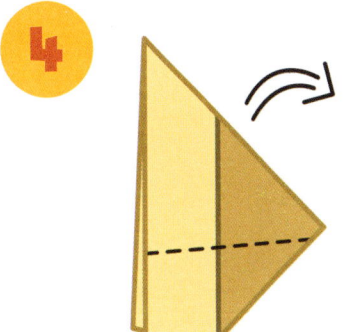

5

6

Outra pessoa muito importante foi Moisés. Moisés fez coisas incríveis! **Veja só: ele conseguiu, com a ajuda de Deus, abrir caminho pelas águas para que seu povo cruzasse um mar chamado Mar Vermelho!**
Isso já é incrível, mas não foi só! Deus gostava tanto dele que, um dia, chamou Moisés para o alto de um monte. Por meio de Moisés, Deus quis fazer um acordo com o povo de Israel.

Esse acordo, que conhecemos pelo nome de "aliança", é muito famoso, pois foi feito por meio do que chamamos de mandamentos. Todo mundo já ouviu falar nos Dez Mandamentos, não é mesmo?

Esses mandamentos são leis divinas que nos ajudam a lembrar, se por acaso esquecermos, o que devemos fazer para sermos felizes. Afinal, tudo o que Deus faz é pensando em nos ver felizes...

Deus escreveu os mandamentos em duas tábuas de pedra e as deu a Moisés. Moisés, por sua vez, explicou essas leis ao povo. Ele era um dos mensageiros especiais que Deus mandava aos homens e que eram conhecidos como "profetas".

— **Deus nos ama e cuidará de todos nós** — anunciou Moisés. — **Tudo o que temos de fazer é obedecer às Suas leis!**

CAÇA-PALAVRAS

É muito importante conhecer os Dez Mandamentos! Preste bastante atenção na lista abaixo e, em seguida, procure as palavras em destaque no diagrama de letras.

I. Amar e ~~SERVIR~~ apenas a mim, pois sou o único **DEUS**.

II. Tratar meu nome com respeito.

III. Reservar o **SÁBADO** como dia de descanso.

IV. **RESPEITAR** pai e mãe.

V. Não matar.

VI. Pensar e dizer sempre coisas puras e **BELAS**.

VII. Não roubar.

VIII. Não dizer **MENTIRAS**.

IX. O **AMOR** do marido deve ser da esposa, e o amor da esposa deve ser do marido.

X. Não querer o que **PERTENCE** a outra pessoa.

Deus está sempre perto de nós. E Ele nos ama tanto que está sempre interessado no que temos a dizer. Se estamos com medo, podemos conversar com Ele. Se estamos felizes, podemos compartilhar com Ele nossa alegria. Se estamos tristes, podemos nos abrir para Ele. E, se queremos algo, podemos pedir também!

Que tal, então, a gente rezar juntos esta oração pedindo a Deus que nos ajude a sermos sempre bons?

HORA DA ORAÇÃO!

Querido Deus,
O Senhor nos ama tanto que deseja que sempre sejamos bons, pois sabe que assim seremos felizes de verdade. Às vezes, eu não consigo fazer as coisas da maneira certa, mas quero muito melhorar a cada dia. Querido Deus, me ajude a ser sempre melhor, a cuidar dos outros, a dividir o que eu tenho e a sempre me lembrar do Senhor!
Amém.

*Uma coisa que eu aprendi nesta vida é a **nunca desistir**. Se você está com alguma dificuldade, há sempre esperança de vencer. A primeira vez que me dei conta disso foi quando descobri o Davi. Não, não o Davi da minha escola, não! Um Davi um pouquinho mais velho. Um Davi que foi muuuuuuito importante.*

Ele era pastor de ovelhas. Também usava o estilingue como ninguém, pois era assim que defendia o rebanho de seu pai contra leões e ursos. Ah, pensa que acabou? Nada! Davi sabia tocar harpa tão bem que um dia o rei Saul o convidou para tocar no palácio.

A melodia que Davi tocou era tão suave que Saul ficou calmo e feliz na hora. Nem parecia que, longe dali, Saul tinha inimigos muito cruéis: os filisteus, que contavam com um guerreiro chamado Golias. Golias tinha nada menos do que três metros de altura. Era mais forte que um touro brabo!

— **Quero que o melhor guerreiro de vocês venha lutar comigo!** — zombava Golias. — **Se ele me matar, os filisteus serão seus escravos. Se ele perder, os escravos serão vocês!**

E ficava rindo, rindo, rindo...

Mas uma coisa surpreendeu a todos: Davi teve a coragem de aceitar o desafio.

Saul lhe ofereceu sua armadura e sua espada, mas Davi não queria nada daquilo. Só precisava mesmo de um estilingue e cinco pedras.

Quando viu isso, Golias deu uma risada barulhenta.

— Um garoto com um estilingue é o melhor que eles têm?!

— Venho em nome do Deus de Israel — respondeu Davi, sem se intimidar.

Assim que Golias se aproximou para acertar um golpe em Davi, o jovem **pegou rapidamente uma das pedras, colocou-a no estilingue e mirou bem. POFT! Ele acertou bem na cabeça do grandalhão, entre os olhos. Golias foi cambaleando até cair no chão.**

O gigante Golias estava morto! Vitória dos israelitas!

Depois da morte de Saul, alguns anos mais tarde, Davi tornou-se o novo rei de Israel.

JOGO DOS ERROS

Depois de ter conhecido a história de Davi, você consegue encontrar sete diferenças entre as imagens abaixo? Preste bastante atenção!

Oi! Eu voltei! É que me lembrei de outra história bastante emocionante. É a história do Daniel. Se você tiver medo de leões, respire fundo, viu?

Essa história começa com um rei de nome muito grande: Nabucodonosor. É difícil para caramba pronunciá-lo! Esse rei invadiu Jerusalém, fez muitas maldades e levou um monte de gente para sua terra, chamada Babilônia. Uma dessas pessoas era o jovem Daniel.

Quando Nabucodonosor morreu, um novo rei foi coroado na Babilônia: Dario. Nessa ocasião, Daniel já havia se tornado muito sábio. Por causa disso, o rei Dario tinha Daniel como um de seus principais conselheiros.

Só que Daniel era tão bom que os outros conselheiros começaram a ficar com inveja. Como ele rezava a Deus todos os dias, convenceram o rei Dario a decretar uma lei terrível: **quem dirigisse suas preces a qualquer pessoa além do rei seria atirado aos leões!**

Daniel ficou sabendo da nova lei, mas continuou rezando a Deus. Afinal, nada no mundo é mais importante do que Deus. Seus inimigos ficaram contentíssimos: o plano havia funcionado! Por isso correram até o rei e contaram que Daniel havia desobedecido à sua ordem.

Dario ficou muito triste, mas lei é lei! Ao pôr do sol, Daniel foi atirado em uma cova repleta de leões furiosos e famintos.

O rei ficou com um grande peso na consciência. Assim que o sol nasceu, foi correndo até lá e chamou: "Daniel, seu Deus conseguiu salvá-lo dos leões famintos?"

E, para sua surpresa, ouviu como resposta:

— Majestade! Deus foi muito bom comigo e me deixou seguro! Ele sabia que eu era inocente!

VAMOS COLORIR?

Você imagina o que Daniel pode ter dito a Deus depois de ter sido salvo? Use sua imaginação e preencha o balãozinho. Em seguida, use e abuse da sua criatividade para colorir o Daniel e os leões quietinhos ao seu lado.

Vocês viram que Daniel não deixou de rezar nem mesmo quando isso poderia o deixar em apuros, não é? Que tal rezar pedindo a Deus que a gente seja como ele?

HORA DA ORAÇÃO!

Meu Deus,
durante o dia, eu faço muitas coisas! Queria pedir ao Senhor que me ajude sempre a me lembrar de Ti. E, se por acaso meus amigos não conhecerem Você, quero ter a coragem de dizer para eles que todos temos um amigão no Céu, mesmo que não vejamos este amigo. Este amigo é Você, meu Deus, que eu amo muito!
Amém.

Em minhas aulas de catequese, todo mundo adora quando conto a história do Jonas. Não é uma historinha nada boba. Eu sempre me lembro dela quando vou à praia. Por que será, hein? Tudo começou quando Deus falou para Jonas...

— Eu quero que você vá até a cidade de Nínive e diga ao povo de lá que eles andam se comportando muito mal. Fale para eles que, se não mudarem de comportamento, terei de tomar uma atitude contra a cidade!

Jonas ficou apavorado. Por que Deus teria escolhido justamente ele? Para piorar, ele não se importava tanto assim com o povo de Nínive... Só podia ser um engano, e Jonas decidiu ignorar a voz. Mas, como vocês sabem, é impossível ignorar a Deus.

— Jonas, vamos logo! Já para Nínive!

Ele partiu bastante contrariado. Só conseguia pensar que não queria se meter com os problemas dos outros.

Então, para não ter de fazer o que Deus queria, Jonas tomou uma atitude bastante imprudente: ele resolveu fugir! Saiu de casa, mas não foi para Nínive, e sim para um porto chamado Jope, onde entrou em um navio que iria para outro lugar.

"Talvez Deus não perceba que estou indo na direção errada!", pensou Jonas. "Logo eu vou estar tão longe que Deus terá de arrumar outra pessoa!"

Só que Deus, é claro, sabe tudo. Ele sabia que Jonas estava tentando escapar. Assim, fez os ventos ficarem muito fortes, levando a embarcação para o meio de uma terrível tempestade.

O navio rangia e balançava de um lado para outro. Parecia que ia ser destruído! Os marinheiros estavam com medo. Apavorados!

Jonas, que estava deitado, tremia de medo também. Ele sabia que Deus tinha enviado a tempestade por sua culpa. Então se levantou e foi para o lado de fora.

— A culpa é toda minha! — gritou. — Vocês deveriam me jogar para fora do navio e se salvar!

No início, o capitão não quis fazer isso com Jonas, mas as águas logo ficaram ainda mais revoltas. Desesperados por se salvar, os marinheiros empurraram Jonas para dentro do mar gelado.

A água encobriu Jonas. Ele tossia e se engasgava. Enquanto isso, o mar se acalmava e o vento diminuía. A tempestade chegava ao fim...

"Ufa!", pensou ele. "Pelo menos os marinheiros ficarão bem."

De repente, Jonas foi sugado para dentro de uma escuridão. Ele tinha a impressão de que ia morrer afogado!

Algo estranho aconteceu, porém: quando ele estendeu os braços, sentiu que ao redor de si havia alguma coisa meio mole e um pouco morna. Jonas ficou em pânico. Chutava e agitava os braços, mas de nada servia: ele era puxado cada vez mais para o fundo. Por fim, parou sobre uma superfície macia e quase caiu.

Quando olhou em volta, viu que estava em uma espécie de caverna fedorenta. O cheiro era de peixe! Olhando para cima, conseguiu ver um raiozinho de luz vindo de uma abertura.

De repente, quase sem conseguir acreditar, ele entendeu o que estava acontecendo: **ele havia sido engolido por uma... baleia!** Compadecido da situação de Jonas, Deus tinha enviado aquele animal imenso para salvá-lo!

Ele ficou ali durante três dias e três noites. Estava cansado e com frio, com muita fome e sede. Para piorar, o medo não ia embora. E se o plano de Deus fosse deixá-lo para sempre dentro daquele bicho?

Jonas então fechou os olhos e rezou:

— Eu estou pronto, meu Deus. Farei tudo o que o Senhor quiser.

De repente, tudo começou a chacoalhar, e uma luz inundou a caverna. Jonas estava sendo revirado dentro da baleia.

Quando Jonas abriu os olhos, estava deitado na areia quente e macia. A baleia o havia atirado ali. Em seguida, Jonas ouviu a voz de Deus mais uma vez:

— Vá até a cidade de Nínive e faça o que pedi.

— Deixe comigo — prometeu Jonas, que partiu em um piscar de olhos.

FAÇA VOCÊ MESMO!

Sempre que conto a história de Jonas, fico sem ar! Acho que agora, para descansar um pouco, vou fazer umas baleias de origami. Venha que eu explico como se faz! Pegue uma folha A4, siga o passo a passo ilustrado e mãos à obra!

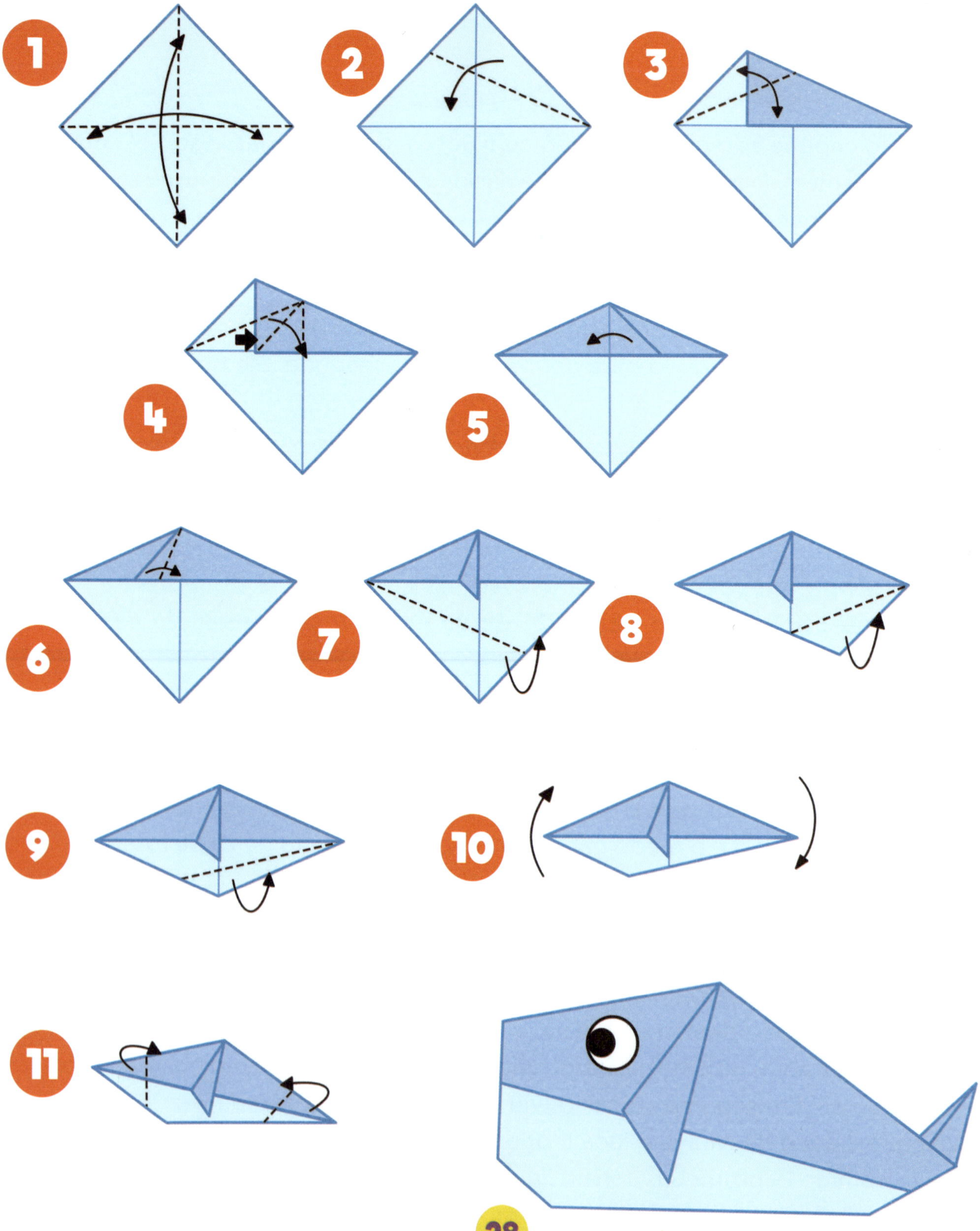

JOGO DA MEMÓRIA!

COMO JOGAR

1. Com a ajuda de um adulto, recorte as cartas do encarte.
2. Misture e distribua todas elas em uma mesa, com as imagens voltadas para baixo.
3. Cada jogador deve virar duas cartas por vez, buscando o par igual.
4. Se encontrar o par, a pessoa ganha o direito de jogar novamente. Caso contrário, desvira as cartas e passa a vez a outro jogador.
5. Ganha o jogo quem conseguir formar o maior número de pares iguais.

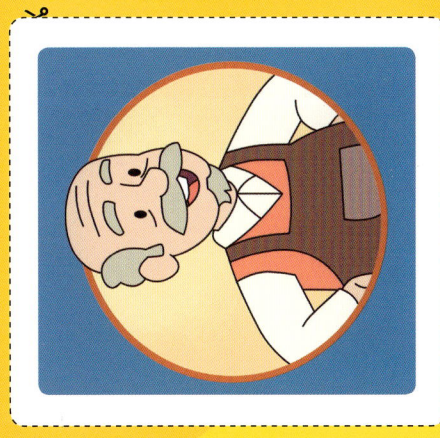

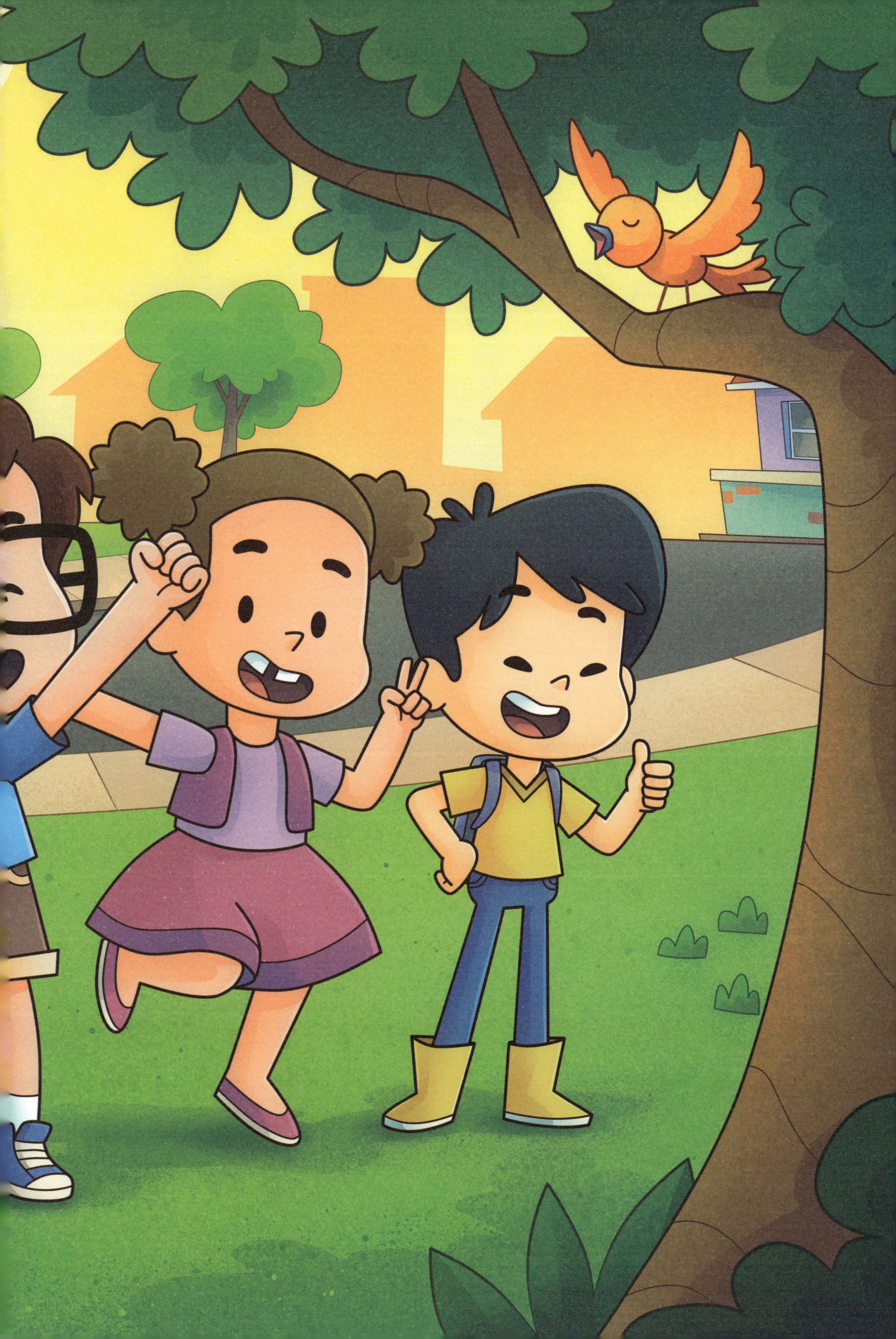

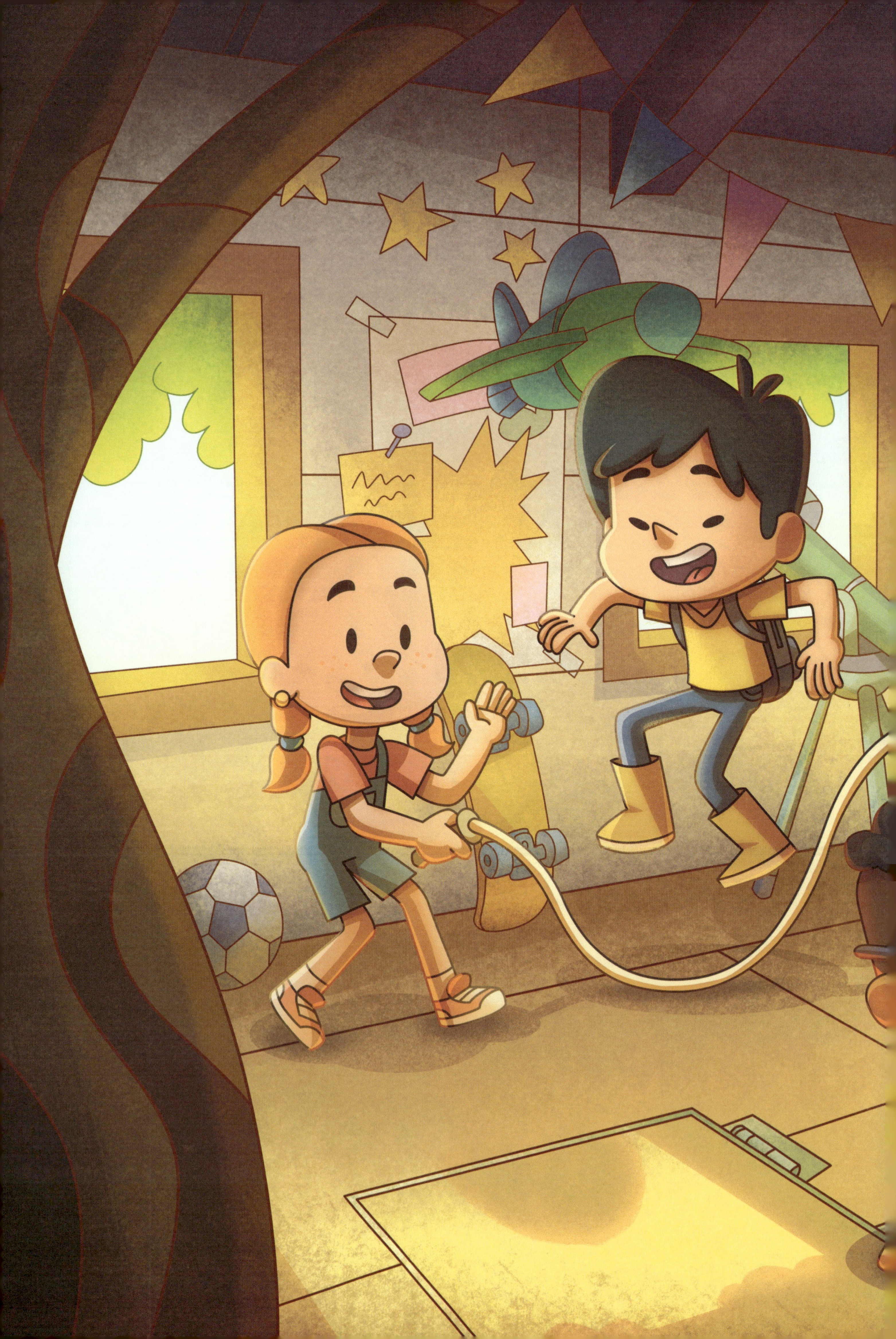

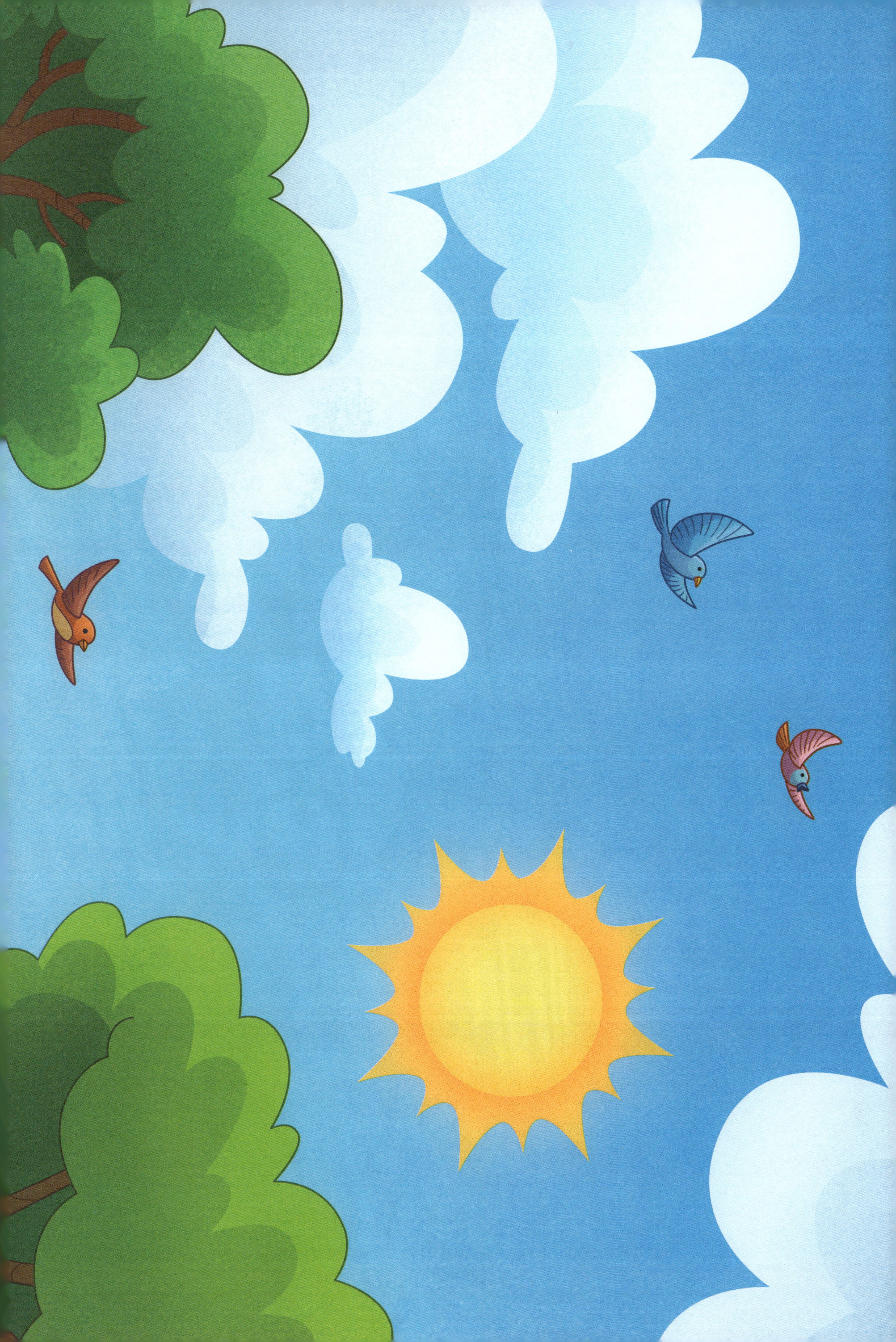

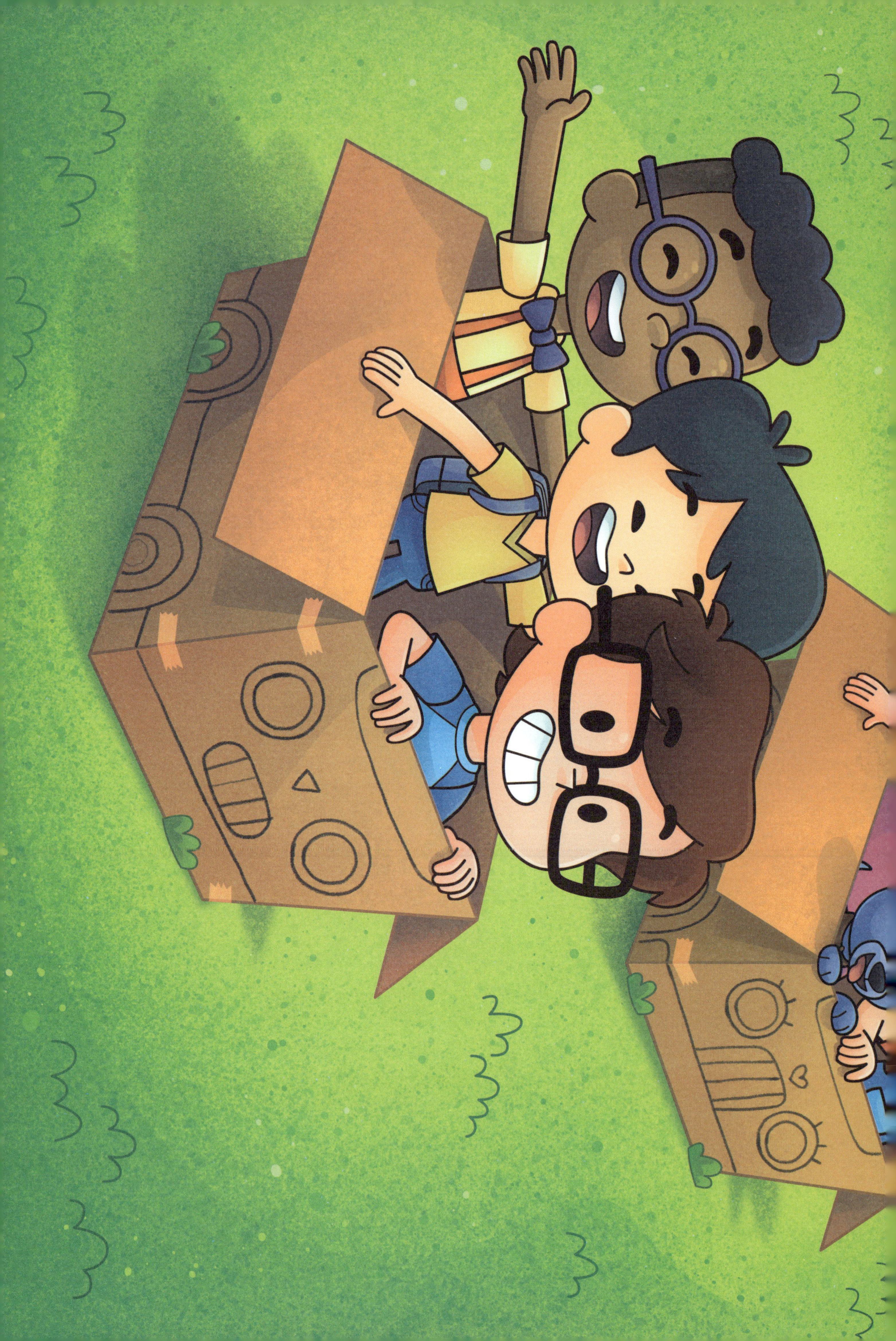

*Se alguém dissesse que iria **contar a história mais importante de todos os tempos**, o que você faria? Prestaria muita atenção? Ah, pois agora é essa história mesmo que eu vou contar. Ela aconteceu há mais de dois mil anos, mas ainda hoje nos enche de alegria. É a história do nascimento de Jesus, que é o próprio Deus que, para ficar perto da gente, se fez uma pessoa como nós.*

Num lugar chamado Nazaré, vivia a jovem Maria. Ela ia se casar com um homem muito bom e muito trabalhador, chamado José.

Certo dia, Maria estava rezando no silêncio de sua casa, quando, de repente, percebeu a presença de alguém ali, e esse alguém sorria para ela.

— Ave, Maria! — disse o estranho. — Em primeiro lugar, devo dizer que Deus a ama de modo muito especial. Trago para você uma mensagem d'Ele! Não precisa ter medo!

Maria não soube o que dizer. Estava admirada! Estava na frente de um anjo!

— Deus a escolheu para fazer algo muito especial. Sua missão será a mais importante que já houve neste mundo! Em breve, Maria, você terá um bebê. Ele será o Filho de Deus e será rei.

Maria confiava em Deus como ninguém, por isso aceitou fazer o que Ele pedia. Não havia maior alegria para Ela do que fazer o que Deus queria!

Acontece que José ficou um pouco preocupado, pois sabia que não era o pai da criança. Mas isso não quer dizer que ele pensasse coisas ruins de Maria! Nada disso! José era muito sábio e muito bom e sabia que Ela era incapaz de fazer algo de errado.

Para acalmá-lo, Deus mandou um anjo visitar José enquanto ele estava dormindo. Em sonho, esse anjo bondoso e amável disse a José:

— Não se preocupe! Maria é a mais especial entre as mulheres, escolhida para ser Mãe do Filho de Deus. Não tenha medo de tomá-La como esposa! A criança deverá chamar-se Jesus, que significa "salvador", porque Ele salvará seu povo.

Quando José acordou, decidiu casar-se com Maria imediatamente. Ele também confiava demais em Deus.

Logo após o casamento, o imperador Augusto, que governava a região onde Maria e José moravam, decidiu fazer uma lista de todas as pessoas de seu império. Ele queria ver se todo mundo estava pagando seus impostos. Seu mensageiro disse assim:

— Todos devem voltar ao local em que nasceram para serem contados!

José havia nascido em Belém, muito longe de Nazaré. Mesmo com Maria grávida, não havia jeito: tinha de partir. Maria foi com ele.

A viagem a Belém durou muitos dias. As estradas eram secas e poeirentas. Fazia muito calor. Frequentemente Maria tinha de parar um pouco e descansar. Já estava com um barrigão!

Quando chegaram, José confortou a esposa:

— Fique tranquila, Maria. Encontraremos um lugar para passar a noite.

Acontece que Belém estava cheia de viajantes. Por mais que procurassem, os dois não encontraram vaga em lugar nenhum.

Em nenhum momento, José e Maria deixaram de confiar em Deus. Sabiam que tudo ficaria bem, não importava o que acontecesse.

Então, alguém disse ter um lugarzinho bem humilde para o casal. Tratava-se de uma espécie de estábulo. Não era grande coisa. Estava repleto de animais, de palha... Seria ali, num lugar tão pobrezinho, que nasceria o Filho de Deus!

De fato, Maria logo daria à luz um menininho, exatamente como o anjo havia dito. Ele foi envolto em panos e colocado na manjedoura. Eram esses paninhos, com a palha e a respiração dos animais, que aqueciam o Filho de Deus. E também o carinho de Maria e José, é claro.

A ORDEM

Maria deu à luz a Jesus como o anjo havia falado.
Agora, olhe atentamente a figura abaixo e numere as partes dela na ordem correta.

LIGA-PONTOS

Ligue os pontos para formar a Sagrada Família! Depois, pinte a imagem.

40

Existe uma oração muito famosa que começa com a frase que o anjo disse a Maria quando apareceu para Ela. Trata-se da "Ave-Maria". É muito importante gravá-la bem no coração e rezá-la muitas vezes ao dia!

HORA DA ORAÇÃO!

Ave, Maria, cheia de graça,
O Senhor é convosco,
Bendita sois vós entre as mulheres,
E bendito é o fruto do vosso ventre, Jesus.
Santa Maria, Mãe de Deus,
Rogai por nós pecadores
Agora e na hora de nossa morte.
Amém.

EMBARALHADAS

Desembaralhe as sílabas e descubra dois sentimentos que Jesus tinha por seus pais.

PEI TO MOR RES A

☐☐☐ E ☐☐

Mesmo sendo tão importante, Jesus obedeceu a Maria e José como todos nós obedecemos nossas mães e nossos pais. José ensinava Jesus a rezar, a trabalhar... e Maria preparava refeições deliciosas para Ele!

Por falar nisso, se você pudesse ensinar uma receita para Maria preparar para Jesus e José, qual seria, hein? Consegue escrevê-la ao lado? Se precisar, peça ajuda a seu pai e a sua mãe! Quem sabe eu não aprendo a fazer também e preparo essa receita para toda a turma?

CAÇA-PALAVRAS

Jesus foi uma criança como todos nós! Que legal, não é? Será que Ele gostava das mesmas brincadeiras de que nossa turminha gosta? Procure no caça-palavras algumas das brincadeiras que fazemos sempre que nos reunimos! Veja o exemplo.

~~BOLA DE GUDE~~ • FUTEBOL • ESCONDE-ESCONDE • MASSINHA
CORRIDA • CHARADAS • ADEDANHA • AMARELINHA

```
                              V L X T       I         A T
                                                    X   T
                                                    Z S D
E G O Y I S I H T B I G T I O I M C I M H Y
S N T D F F C H A R A D A S L M B I N U G D
C N G O E Y T D S R I E S F E N F S T N H R
O N C Y M S H H T L I O R E A W U G A B A F
N I O O C M M A S S I N H A F L T N M A M I
D C R E R N T I C O N C R A M F E L M I A F
E F R A I H M H C H M I R I S A B D E F R R
E C I H M B O L A D E G U D E O O R O A E O
S I D T D A T H I O H G T O A A L L R O L R
C Y A I S N O D C L S D N H O D C H D H I C
O H F C S I N O O I M L H F E O T T H O N L
N M H I     S O N D X E S C W N Q L   X H   T
D           H R L S T D L R           U A C
E           A D E D A N H A           X   R
L           A B E R M T               L   L
T                                     P   F
```

43

Quando ficou maior, Jesus também não quis andar por aí sozinho. Ele mesmo escolheu a turminha que iria acompanhá-Lo! Uma turminha como a nossa! Ela era formada pelos doze apóstolos. Veja quem são eles.

BARTOLOMEU — **FILIPE** — **ANDRÉ** — **TIAGO, FILHO DE ALFEU** — **JOÃO** — **MATEUS**

TIAGO, FILHO DE ZEBEDEU — **PEDRO** — **JUDAS ISCARIOTES** — **JUDAS TADEU** — **SIMÃO** — **TOMÉ**

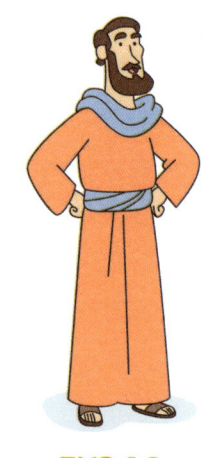

RISQUE AS LETRAS

Agora, risque as letras X, Y e Z e descubra o nome do apóstolo que se tornou o primeiro papa!

X	Y	Z	X	Y	Z	X	Y	Z	X
Y	P	X	Y	E	Y	Z	X	Y	Z
Z	X	Y	Z	X	Y	X	D	X	Y
X	Y	R	X	Y	Z	X	Y	Z	X
Y	Z	X	Y	Z	O	Y	Z	X	Y

Você sabe que Deus escolheu um anjo para cuidar de você, não é? O que pouca gente sabe é que podemos conversar com esse anjo da guarda sempre que quisermos. Ele nos protege, nos ajuda... Existe até uma oração bastante conhecida para o anjo da guarda. Vamos aprender?

HORA DA ORAÇÃO!

Santo anjo do Senhor,
Meu zeloso guardador,
Se a ti me confiou a piedade divina,
Sempre me rege, me guarda,
me governa, me ilumina.
Amém.

Jesus dizia tantas coisas bonitas que cada vez mais gente queria ouvir o que Ele tinha a dizer. Às vezes, Jesus passava horas falando às multidões!

Certo dia, Jesus pregava à beira do lago da Galileia. Quando o Sol começou a se pôr, havia cerca de cinco mil pessoas reunidas em torno d'Ele. Todo mundo estava ali só para ouvi-Lo! Aquele havia sido um longo dia e todos estavam famintos.

— Mestre, acho que é melhor mandar as pessoas embora! — disse um dos discípulos. — Eles precisam achar algum lugar para conseguir alimento, pois não têm o que comer.

Jesus então fez aos discípulos uma pergunta curiosa:

— Ué, por que vocês não dão comida para todos?

Os discípulos ficaram intrigados. Afinal, não havia comida para toda aquela gente! Que tipo de pergunta era aquela? Foi quando se aproximou um garotinho com cinco pães e dois peixes.

— **Ah, mas isso não é suficiente para alimentar essa multidão!** — completou o discípulo.

Jesus, porém, tinha planos maravilhosos para aquele povo. Ele tomou em Suas mãos os pães e os peixes e agradeceu a Deus por eles. Em seguida, entregou o alimento aos discípulos, que o partiram e distribuíram ao povo. **Todos comeram até ficarem satisfeitos!** E, ainda assim, os discípulos recolheram doze cestos de sobras. **Era um milagre! E que milagre!**

Depois dessa refeição maravilhosa, Jesus pediu a Seus discípulos que atravessassem o lago.

— Podem ir na frente, enquanto me despeço da multidão. Encontro vocês depois!

Mais tarde naquela noite, depois de Jesus ter subido o monte para rezar, começou a ventar muito forte. No meio do lago, os discípulos ficaram com medo. De repente, viram alguém que vinha se aproximando. E mais: essa pessoa se aproximava andando por cima das águas!

Os discípulos, é claro, ficaram aterrorizados. Vocês não ficariam?

— É um fantasma! — disseram.

Mas não era fantasma nenhum. Era Jesus!

— Não tenham medo. Sou eu — respondeu ele.

Pedro, que era muito impulsivo, logo falou:

— Se é mesmo Você, Senhor, deixe que eu vá até aí caminhando sobre as águas!

— Venha, Pedro — convidou Jesus.

Então, Pedro saiu do barco e caminhou sobre as águas. No começo, enquanto estava olhando para Jesus, tudo ia bem. Só que, quando se distraiu e começou a prestar atenção no vento e nas ondas, passou a sentir medo e foi afundando…

— Senhor, por favor, me ajude! — pediu, desesperado.

Imediatamente Jesus estendeu a mão, e Pedro a segurou.

— Você deveria ter mais fé, Pedro — disse Jesus. — Por que duvidou de mim? Quando houver muitas dificuldades, confie em mim, e tudo irá bem.

Quando Pedro e Jesus voltaram para o barco, o vento parou e as águas se acalmaram. Todos os discípulos estavam maravilhados e diziam uns aos outros:

— Só mesmo o Filho de Deus poderia fazer algo assim!

LABIRINTO

Ajude São Pedro a passar sobre as águas e chegar até Jesus.

48

HORA DA ORAÇÃO!

*Senhor Jesus,
Quando o Senhor multiplicou os pães, mostrou que não devemos sentir medo de não ter aquilo de que precisamos para viver. Você cuida de nós porque nos ama muito! Ajuda-me, Jesus, a fazer tudo o que eu tenho de fazer sem me preocupar. Que eu estude com atenção, que brinque com meus amigos com alegria e que viva perto dos meus familiares sendo semeador de alegria. De todo o resto Você cuidará! Meu Jesus, eu amo muito o Senhor e quero amá-Lo sempre mais.
Amém.*

Como será que as pessoas sabem tantas coisas sobre a vida de Jesus? Você já parou para pensar nisso?

A resposta é... **a Bíblia**! Sim!

A Bíblia é um livro que contém muitos livros. Para ser mais exata, são 73! Por isso ela é tão grande...

Além disso, a Bíblia é dividida em duas partes.

No Antigo Testamento, estão os livros que contam como Deus foi guiando seu povo até o nascimento de Jesus.

No Novo Testamento, descobrimos o que Jesus fez e ensinou quando esteve entre nós, assim como o que os primeiros discípulos fizeram depois que Jesus voltou para o Céu.

Os que conviveram com Jesus iam contando para as outras pessoas tudo o que tinham visto e ouvido, e essas pessoas resolveram colocar todas essas histórias maravilhosas no papel. Ainda bem que elas fizeram isso, não é?

O Antigo Testamento tem 46 livros!
Mas não se preocupe: é difícil mesmo lembrar todos!

- GÊNESIS
- ÊXODO
- LEVÍTICO
- NÚMEROS
- DEUTERONÔMIO
- JOSUÉ
- JUÍZES
- RUTE
- I SAMUEL
- II SAMUEL
- I REIS
- II REIS
- I CRÔNICAS
- II CRÔNICAS
- ESDRAS
- NEEMIAS
- TOBIAS
- JUDITE
- ESTER
- I MACABEUS
- II MACABEUS
- JÓ
- SALMOS
- PROVÉRBIOS
- ECLESIASTES
- CÂNTICO DOS CÂNTICOS
- SABEDORIA
- ECLESIÁSTICO
- ISAÍAS
- JEREMIAS
- LAMENTAÇÕES
- BARUC
- EZEQUIEL
- DANIEL
- OSEIAS
- JOEL
- AMÓS
- ABDIAS
- JONAS
- MIQUEIAS
- NAUM
- HABACUC
- SOFONIAS
- AGEU
- ZACARIAS
- MALAQUIAS

E o Novo Testamento? Ele é mais curtinho!
São "apenas" 27 livros!

EVANGELHO SEGUNDO SÃO MATEUS
EVANGELHO SEGUNDO SÃO MARCOS
EVANGELHO SEGUNDO SÃO LUCAS
EVANGELHO SEGUNDO SÃO JOÃO
ATOS DOS APÓSTOLOS
CARTA DE SÃO PAULO AOS ROMANOS
I CARTA DE SÃO PAULO AOS CORÍNTIOS
II CARTA DE SÃO PAULO AOS CORÍNTIOS
CARTA DE SÃO PAULO AOS GÁLATAS
CARTA DE SÃO PAULO AOS EFÉSIOS
CARTA DE SÃO PAULO AOS FILIPENSES
CARTA DE SÃO PAULO AOS COLOSSENSES
I CARTA DE SÃO PAULO AOS TESSALONICENSES
II CARTA DE SÃO PAULO AOS TESSALONICENSES
I CARTA DE SÃO PAULO A TIMÓTEO
II CARTA DE SÃO PAULO A TIMÓTEO
CARTA DE SÃO PAULO A TITO
CARTA DE SÃO PAULO A FILÊMON
CARTA DE SÃO PAULO AOS HEBREUS
CARTA DE SÃO TIAGO
I CARTA DE SÃO PEDRO
II CARTA DE SÃO PEDRO
I CARTA DE SÃO JOÃO
II CARTA DE SÃO JOÃO
III CARTA DE SÃO JOÃO
CARTA DE SÃO JUDAS
APOCALIPSE

LIGUE-LIGUE

Agora que você já viu todos os livros do Antigo e do Novo Testamento, vamos testar os seus conhecimentos? Observe os nomes dos livros e ligue-os ao testamento correspondente.

ANTIGO TESTAMENTO

- ESDRAS
- CARTA DE SÃO PAULO AOS HEBREUS
- CÂNTICO DOS CÂNTICOS
- SALMOS
- APOCALIPSE
- ATOS DOS APÓSTOLOS
- GÊNESIS
- LEVÍTICO
- JÓ
- CARTA DE SÃO TIAGO
- ISAÍAS

NOVO TESTAMENTO

VAMOS COLORIR?

Sabe qual é a oração mais famosa do mundo? Se você disse que é o "Pai-nosso", acertou! E ela é famosa porque foi o próprio Jesus quem nos ensinou. Vamos deixar o desenho abaixo bem colorido?

Pai Nosso que estais nos céus,
santificado seja o Vosso nome,
venha a nós o Vosso reino,
seja feita a Vossa vontade
assim na terra como no céu.
O pão nosso de cada dia nos dai hoje,
perdoai-nos as nossas ofensas
assim como nós perdoamos a quem nos tem ofendido,
e não nos deixeis cair em tentação,
mas livrai-nos do mal.
Amém.

A ÚLTIMA CEIA

JESUS E OS APÓSTOLOS SE REUNIRAM NUM LOCAL QUE CONHECEMOS COMO CENÁCULO...

ALI APANHOU UM POUCO D'ÁGUA E AJOELHOU-SE EM FRENTE A CADA UM DOS DOZE APÓSTOLOS.

AMAVELMENTE, ELE LAVOU OS PÉS DELES E ENXUGOU-OS COM UMA TOALHA.

SENHOR, VOCÊ NÃO VAI LAVAR MEUS PÉS!

NINGUÉM É MAIS IMPORTANTE DO QUE NINGUÉM. ESTAMOS NESTE MUNDO PARA CUIDAR DA FELICIDADE DOS OUTROS. E POR ISSO QUE LAVO SEUS PÉS, MESMO SENDO SEU MESTRE: PARA DAR EXEMPLO DE QUE DEVEMOS SERVIR AOS DEMAIS.

NAQUELA MESMA OCASIÃO, JESUS E OS APÓSTOLOS FIZERAM JUNTOS UMA REFEIÇÃO ESPECIAL. ESSA REFEIÇÃO É TÃO ESPECIAL QUE, ATÉ HOJE, ELA É LEMBRADA EM TODAS AS MISSAS.

À MESA COM OS DISCÍPULOS, JESUS PEGOU UM PEDAÇO DE PÃO, PARTIU-O E DISSE, EXATAMENTE COMO REPETIMOS NA MISSA:

TOMEM E COMAM. ESTE É O MEU CORPO QUE SERÁ ENTREGUE POR VOCÊS.

DEPOIS, ABENÇOOU O VINHO, E O CÁLICE PASSOU DE MÃO EM MÃO PARA QUE CADA UM BEBESSE UM POUCO.

TOMEM E BEBAM. ESTE É O CÁLICE DO MEU SANGUE, QUE ESTABELECE A AMIZADE DEFINITIVA ENTRE VOCÊS E DEUS.

FAÇAM SEMPRE ISSO PARA SE LEMBRAREM DE MIM.

JOGO DOS ERROS

Observe as cenas da Última Ceia abaixo e encontre as sete diferenças existentes entre elas.

USE SUA IMAGINAÇÃO!

Vocês viram que Jesus nos ensinou a amar e ajudar os outros sempre. Vamos usar o espaço abaixo para desenhar as pessoas que amamos? Capriche e faça um desenho bem bonito.

Ah, meu amiguinho...
Depois da Última Ceia, algo triste aconteceu...

Havia ali perto um jardim muito calmo, chamado Getsêmani, onde Jesus gostava de rezar. Depois da refeição, Ele foi até lá acompanhado de Pedro, Tiago e João. Os três não aguentaram de tanto sono. Jesus, por sua vez, ficou muito tempo conversando com Deus.

— Pai, sei o que precisa acontecer, mas será muito difícil — falou.
— Quero, porém, fazer o que for preciso.

Jesus sabia que queriam prendê-Lo porque Ele vivia mostrando o que as pessoas importantes da época faziam de errado e porque ensinava todo mundo a amar a Deus de verdade.

Dali a pouco, Judas entrou no jardim seguido por homens armados com espadas e empunhando tochas. Judas havia traído Jesus!

— Levantem-se! — disse Jesus a seus discípulos. — Aí vem o traidor...

Judas caminhou até Jesus e beijou Sua bochecha. Era o sinal para que os guardas soubessem quem prender. Os guardas agarraram Jesus pelos braços, segurando-O com firmeza. Pedro quis lutar, mas Jesus não deixou.

Os príncipes dos sacerdotes levaram Jesus até Pôncio Pilatos, o governador romano. Os romanos governavam Jerusalém, e caberia a Pilatos decidir o que aconteceria com Aquele prisioneiro.

Pilatos interrogou Jesus, tentando descobrir se Ele era um inimigo de Roma. Pilatos sabia que os príncipes dos sacerdotes queriam a morte de Jesus, mas acreditava que Ele era inocente.

Na manhã seguinte, uma grande multidão havia se reunido.

— Vocês querem que eu liberte o Rei dos Judeus? — perguntou Pilatos ao povo.

Os príncipes dos sacerdotes já haviam falado à multidão e espalhado mentiras sobre Jesus.

— Não! — gritou o povo. — Crucifique-O!

— Por quê? — perguntou Pilatos. — Que crimes Ele cometeu?

Mas a multidão apenas continuava a gritar:

— Crucifique-O!

Pilatos era um homem fraco e queria agradar o povo. Então, ordenou que batessem muito em Jesus e, depois, entregou-O para ser crucificado. A crucificação era o pior castigo daquela época. Coitado de Jesus! Coitado do Filho de Deus! Sendo punido sem ter culpa nenhuma!

Só que a maldade do mundo nunca vence! Depois que Jesus foi crucificado, todos os seus amigos ficaram muito tristes... Mas isso só duraria até o domingo seguinte.

Pois, no domingo, Maria Madalena, uma das amigas de Jesus, foi visitar o lugar onde o corpo d'Ele tinha sido colocado. Para seu espanto, descobriu que a enorme pedra que ficava na entrada do túmulo tinha sido removida. Tremendo de medo, ela saiu às pressas e correu à procura de Pedro e João.

— Alguém roubou o corpo! — exclamou. — Quem poderia ter feito uma coisa dessas? Não sei onde colocaram!

Pedro e João saíram correndo até o túmulo. João chegou primeiro, pois era mais jovem, e esperou Pedro entrar. Ali dentro, só havia os panos que haviam envolvido o corpo de Jesus. Sem entender nada, os dois voltaram para casa.

Maria Madalena ficou do lado de fora do túmulo, chorando. Quando espiou lá dentro, viu dois anjos vestidos de branco.

— Por que você está chorando, Maria Madalena? — perguntaram.

— Porque alguém tirou o corpo de Jesus daqui! Não sei onde O colocaram!

Então, Maria Madalena olhou para trás e viu ninguém menos do que Jesus! Isso mesmo! Jesus vivinho, em pessoa! Jesus a chamou:

— Maria Madalena!

E ela, comovida, exclamou:

— Mestre!

— Conte aos discípulos o que você viu — disse Jesus. — Em breve, estarei com meu Pai no céu.

Em seguida, Maria Madalena correu para encontrar os discípulos.

— Vi o meu Senhor com meus próprios olhos — disse ela. — Ele ressuscitou!

Nos quarenta dias seguintes, Jesus apareceu muitas vezes aos seus discípulos. Se fôssemos contar tudo o que Ele disse e fez, não haveria papel no mundo que fosse suficiente para imprimir tantas histórias.

No Monte das Oliveiras, perto de Jerusalém, Jesus falou aos seus discípulos pela última vez.

— É chegada a hora de eu voltar para a companhia do meu Pai no céu — disse. — Tudo aconteceu exatamente como Ele disse que aconteceria. Mas eu estarei sempre com vocês.

O Sol brilhou por detrás das nuvens. Os raios dourados de luz ofuscavam as vistas, e os discípulos viram Jesus elevar-se até o céu. Então, dois anjos surgiram, com vestes brancas muito brilhantes:

— Jesus voltará para encontrá-los — prometeram.

Os discípulos trocaram sorrisos de amor e felicidade. Eles sabiam que, até o retorno de Jesus, manteriam vivas Suas Palavras. Eles percorreriam todo o mundo para espalhar Sua mensagem de amor. E, hoje, também nós somos chamados a fazer a mesma coisa. Vocês estão prontos?

LABIRINTO

Ajude Maria Madalena a chegar até o sepulcro onde estava Jesus e descobrir que ele estava vazio.

SOLUÇÕES

12
DEUS
PRIMEIRO
NOITE
ESPIRITO
TARDE
TERRA
TREVAS

13

19
AMOR
PERTENCE
DEUS
MENTIRAS
SABADO
BELAS
SERVIR
RESPEITAR

22

39 2-4-1-3

40

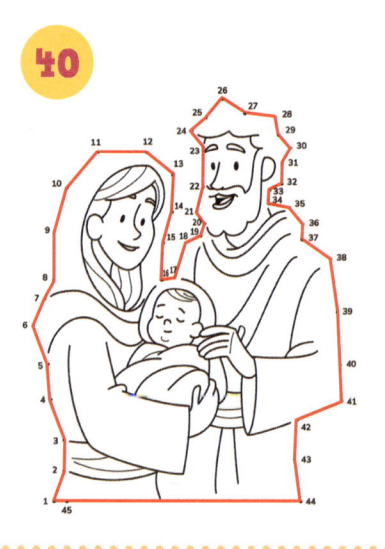

42 RESPEITO E AMOR

43
ESCONDEESCONDE
CORRIDA
CHARADAS
MASSINHA
BOLADEGUDE
FUTEBOL
AMARELINHA
ADEDANHA

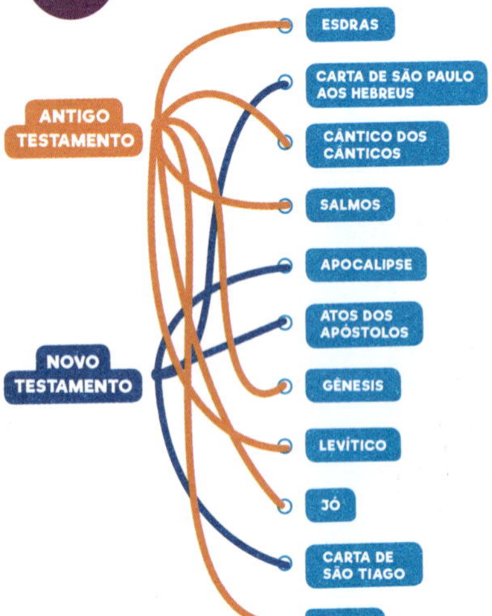

44 PEDRO

48

53
ANTIGO TESTAMENTO: ESDRAS, CÂNTICO DOS CÂNTICOS, SALMOS, GÊNESIS, LEVÍTICO, JÓ, ISAÍAS
NOVO TESTAMENTO: CARTA DE SÃO PAULO AOS HEBREUS, APOCALIPSE, ATOS DOS APÓSTOLOS, CARTA DE SÃO TIAGO

57

63